"DOMAINE FRANÇAIS"
Ouvrage édité sous la direction
de Bertrand Py

CELLES QUI SAVAIENT

DU MÊME AUTEUR

NOUVELLES

LES ENFANTS DES AUTRES, Actes Sud, 1985.
UN SI JOLI PETIT LIVRE, Actes Sud, 1989, prix Fondation Thyde-Monnier de la SGDL ; Actes Sud Babel, 1999.
VOUS ÊTES TOUTE SEULE ?, Actes Sud, 1991, Prix de la Nouvelle du Rotary Club ; Actes Sud Babel, 1994 ; Librio, 1997.
LA CHATIÈRE, Actes Sud, 1993.

ROMANS

LA VENTRILOQUE, éd. des Femmes, 1978 ; Actes Sud Babel, 2000.
LA DANSE OCÉANE, Souffles, 1988 ; Actes Sud Babel, 1996.
MARTHA OU LE MENSONGE DU MOUVEMENT, Manya, 1992 ; Actes Sud Babel, 1996.
BELLE MÈRE, Actes Sud, 1994, prix Goncourt des lycéens ; Actes Sud Babel, 1997 ; J'ai Lu, 1997.
LA NUIT LA NEIGE, Actes Sud, 1996 ; Actes Sud Babel, 1998 ; J'ai Lu, 1998.
LE SAS DE L'ABSENCE, Actes Sud, 1997, prix de l'Ecrit intime 1998 ; Actes Sud Babel, 2000.
PLATON ÉTAIT MALADE, Actes Sud, 1999.
SEPTUOR, en commun avec Daniel Zimmermann, Le Cherche-Midi éditeur, 2000.

MÉMOIRES

LES ÉCRITURES MÊLÉES, en commun avec Daniel Zimmermann, Julliard, 1995.

ROMAN COLLECTIF

L'AFFAIRE GRIMAUDI, avec Alain Absire, Jean-Claude Bologne, Michel Host, Dominique Noguez, Martin Winckler, Daniel Zimmermann, éditions du Rocher, 1995.

ISBN 2-7427-2727-2

Illustration de couverture :
Valentin Serov, *Odysseus and Nausicää* (détail), 1910

CLAUDE PUJADE-RENAUD

CELLES QUI SAVAIENT

ACTES SUD
HUBERT NYSSEN EDITEUR

à Daniel Zimmermann

CASSANDRE

Sur le navire du retour
moi Cassandre
la captive

Retour pour les vainqueurs
et pour moi enfin silencieuse
l'accomplissement nécessaire
de ce que j'avais proféré

Le désastre que j'annonçais
aucun des miens n'y croyait
bâillon de leur surdité
sur mes lèvres de prophétesse

Mais à refouler mes paroles
ils avouaient qu'ils entendaient
des parcelles de vérité
et qu'elle leur insupportait

*

Grosse de cette connaissance
portant mon enfant avorté
ce lourd savoir encombrant
bafoué par tous annulé

Il m'est arrivé d'oublier
de rire pleurer ou jouer
adolescente insouciante
parmi les femmes troyennes

Habillée de banalité
me reposant de moi-même
par le tissage absorbée
semblable aux autres filles

Et soudain la montée du cri
marée haute et rauque
le retour de la vérité
sombre déferlement
du savoir en ébriété

Peureuses ou moqueuses
les autres s'éloignaient
de mon dire pestiféré

Seule avec pour compagne
cette voix d'étrangeté
et de folle lucidité

L'horreur de savoir
avant même d'avoir appris
ce qu'ils appellent vivre

L'horreur ou la jouissance ?

*

Je n'ai pu aimer d'autre homme
que mon jumeau Hélénos
mon double en prophétie
Hélénos qui consentit
à l'étreinte d'Apollon

Lui on écouta sa parole
la mienne on la rejeta
je m'étais refusée au dieu

Il m'avait comblée de ce don
et me l'a repris en partie
châtiment pour ma dérobade

Ma peur d'être déflorée
par un dieu
brûlée incendiée
tel fut le sort de Sémélè
qui voulut voir le dieu
l'aimé
et en mourut

Toute fille craint le moment
où elle sera pénétrée
craint et désire je sais

D'un mortel j'aurais accepté
mais non d'Apollon lui-même
et son crachat et le sperme

Apollon le bâtisseur
n'a pu comprendre ma terreur
et les hommes ont refusé
d'être pénétrés par ma voix

*

Combien j'ai séché en dedans
de n'être jamais entendue
et pourtant à celui d'Hélénos
je préfère encore mon sort

Car les Achéens eux l'ont cru
mon frère qui nous a trahis
leur a soufflé le moyen
de prendre et ravager Troie

Impuissant mon savoir
à enrayer notre perte
tandis que celui d'Hélénos
servit à la précipiter

Etrange atroce partage
entre frère et sœur si proches

*

Le vaisseau d'Agamemnon
fait voile vers Argos
met le cap sur ma mort
et je songe à Hélénos

Sur un autre navire
il vogue vers le triomphe
s'apprêtant à conquérir
sa part de terre hellène

Cassandre l'inaudible
Hélénos traître aux siens
enfants visités par le dieu
autrefois dans son temple

Qui pourrait survivre
à pareille effraction ?

Séparés à présent
au sein d'une même mer
douloureuse dissociation
de nos destins jumeaux

*

Princesse esclave Cassandre
concubine d'Agamemnon
ce triomphateur fatigué
concubine en apparence

Maladroit de surcroît
le triste roi des rois
usé par les travaux guerriers
et la jactance des discours
bouffi gonflé de suffisance
sauf là où il eût fallu
incapable de déflorer

Je dors à ses côtés
tous me croient sa compagne
je fais semblant ris en dedans
et ce rire parfois recouvre
la voix sombre du savoir

Agamemnon et Cassandre
ne formeront un couple
qu'à la lumière de la mort
épousailles à ma mesure

A ma démesure ?

Le valeureux combattant
a tué une vierge
sa fille Iphigénie
il en offrira une autre

à sa femme argienne
mère meurtrie
meurtrière

La dette enfin payée

La porte douce de mon corps
à jamais restera scellée
la porte du palais d'Argos
s'ouvrira sur l'épouvante
grincement des gonds hurlements
tous sont sourds moi j'entends

Impuissant le conquérant
mais son épouse érigée
ne me ratera pas
enfin me fera saigner
d'un seul coup vif et net
moi la bête
conduite à l'abattoir

Rapide et tranchante
la reine Clytemnestre
je lui fais confiance
elle m'attend
moi aussi
ma sœur de l'horreur
ma figure de vérité
dans l'ombre dressée

*

Qui donc parviendrait à vivre
portant la vision de sa mort
inscrite au creux de son corps ?

Chacun bien sûr se sait mortel
de ce savoir fade et lointain
qui fuit et n'ébranle point

Rien à voir avec cette image
de terreur sauvage
incrustée dans mon crâne

Depuis plus de dix ans
j'avance vers cette scène
corps et savoir stériles
lucidité inutile

Est-il possible de dire
ce qui fut pour moi le pire
proférer sans persuader
marcher vers cet achèvement
dessiné dans sa crudité ?

Le sang la pourpre emmêlés
royale robe de noces
depuis si longtemps tissée
pour Cassandre fille de roi

*

Sans cesse j'ai dit vrai
la condensation du temps
le présent gorgé de futur
sève par trop amère
perdant sa belle innocence
de présent ordinaire
simplement traversé d'attente
ou d'impatiences puériles

Ce plaisir de l'attente
banal gentiment douloureux
je l'ai si peu éprouvé
ni répit ni intervalle
l'avenir déjà là
écrasant l'instant
m'empêchant de respirer

Gangrenée du dedans
par cette connaissance
revenant tel le sang
cyclique déchirante
transe violentant ce corps
qui ne fut jamais entrouvert

L'âcre bouffée de savoir
vous secoue vous ravage
éloigne de vous les proches
et vous laisse épuisée

*

Née d'un œuf divisé
séparée de mon jumeau
déchirée par ce langage
semeur d'incrédulité
et dans peu de jours fendue
par la hache luisante
de la femme blessée
dressée

Face à cette vision
il m'arrive de reculer
d'imaginer un refuge
dans les bras et les larmes
de mes compagnes d'esclavage
refuge de tiédeur humide

Parvenir à me dissocier
ne plus croire ce que je sais
sourde enfin à ma voix
imitant le refus des miens ?

Au moins l'enclave d'un répit
moment d'oublieuse douceur
ne plus écouter que les vagues
et leur long discours confus
j'aimerais ah j'aimerais !

Ne plus croire ce que je sais ?
Impensable ce reniement
le pire des clivages
pour moi qui fus vouée
à toujours être scindée

*

Le navire tangue grince
Agamemnon ronfle et geint
rêve-t-il ce que je sais ?
Pauvres hommes qui substituent
un songe brumeux au savoir

Moi je demeure éveillée
et je crie intérieurement
je crie dans l'haleine du vent
vers Hélénos mon jumeau

A combien d'encablures
navigues-tu loin de moi
mon frère le très beau
compagnon d'autrefois
au cœur de cet œuf
à jamais fragmenté

Fuir nager vers toi
fonder ensemble la demeure
où nos corps à nouveau
pourraient fusionner ?

Mais non
Clytemnestre m'attend

Je sais
j'ai toujours su

ŒNONÈ

Cassandre fille de roi
et moi la nymphe des bois
nous avions prédit la guerre
et son cortège d'épouvante

Naïves au point de penser
que l'annonce aurait pouvoir
d'interdire d'empêcher
massacres et désastres ?

Naïves femmes amoureuses
elle de son frère Hélénos
et moi de leur frère Pâris
par les siens rejeté

Exposé dans la montagne
suite à un rêve de sa mère
par lui devait advenir
la ruine de la cité

Bel adolescent sauvage
aimé caressé par moi

gavé de miel et de fruits
que je récoltais pour lui

Pour lui aussi j'allais cueillir
des plantes connues de moi seule
destinées à le soigner
si une bête le blessait

Et lorsqu'il partait chasser
ce fut toujours pour se nourrir
jamais pour le trouble plaisir
de flairer l'odeur du sang

De moi il tenait cette loi
j'avais su le préserver
de la jouissance du meurtre
lui apprendre celle des corps

Ruissellement des sources
bruissantes autour de nous
ruissellement des peaux
halètement de nos souffles
et vivacité de son rire
lorsque nos sexes s'emballaient
tels chevaux en cavale

Puis les sources s'apaisaient
les arbres nouaient amitié
avec l'accalmie du sang
et la touffeur de la futaie
enrobait notre sommeil

*

Pâris mon bel animal

Il a désiré s'échapper
vers la communauté des hommes
j'ai dit ce que je prévoyais
là-bas dans la cité troyenne
tu vas apprendre la haine
et le plaisir de détruire

Le cerf que tu allais tuer
tu l'as toujours aimé
tu lui demandais même
de ne pas t'en vouloir
vos regards s'étreignaient
tu le reconnaissais pour frère

A présent tu vas t'enivrer
du goût âcre du sang versé
et des jeux de rivalité
qu'ils appellent fraternelle

Ne t'en va pas vers les tiens
ne pars pas en quête d'Hélène
je vois ta mort se profiler
ne pars pas je vois je sais !

*

Quel homme accorderait foi
à la parole affolée
d'une femme jalouse ?

Il lui fallait père et mère
la demeure et la famille
leur enceinte paisible
cette apparence de calme
qui donne goût de la guerre

Il voulait la reconnaissance
de ceux qui l'avaient rejeté
il rejetait la connaissance
que ma bouche proférait

Sans doute pour réparer
l'atroce rejet premier
lui fallait-il ce don suprême
la plus belle femme connue
si prodigieusement belle
de n'être qu'une ombre

Ma beauté d'écorce et de sève
lui devenait trop réelle
il poursuivait ce mirage
le corps trompeur d'Hélène

Aucune de mes plantes
ni ma geste amoureuse
n'auront pu guérir

la blessure originelle
du reniement par les siens
enfant qui aurait dû périr
de l'abandon ou dévoré
dans l'obscur des forêts

Enfant que j'ai fait homme
pour qu'il retourne à son clan
et conquière lui-même sa mort

*

Il s'appelait Pâris
mais aussi Alexandre
et ce nom signifiait
celui qui protège
les hommes

De sa fureur d'homme
je n'ai pu le protéger

OKYRRHOÈ

Ma mère m'a donné naissance sur les bords d'un torrent et mon nom évoque le cours de ces eaux rapides. Okyrrhoè, Okyrrhoè, syllabes bruissantes traversées par le flux aquatique, Okyrrhoè, fille de la nymphe Chariclo et du centaure Chiron.

J'étais femme, rien de l'animalité paternelle ne m'avait été transmis. Si ce n'est cette chevelure foisonnante que ma mère s'évertuait à démêler. Le flux du sang advint à son heure, et avec lui cette étrange prescience de l'avenir. Je savais, pour les autres, jamais pour moi-même, et m'admonestais : Tais-toi donc, une femme a-t-elle le droit de prédire si quelque dieu ne l'autorise ? Garde le silence. Ton demi-frère Tirésias fut consacré devin de Thèbes, mais toi, demeure en ton état natif, fille des bois et des ruisseaux, tais-toi, efforce-toi d'oublier la saveur épicée de la connaissance, contente-toi de récolter les simples que ton père, si sage en sa demi-sauvagerie, t'a appris à cueillir.

Vint ce jour où dans l'antre habité par mon père j'aperçus un tout petit enfant. Il lui avait été confié afin qu'il l'élève. Extrait du cadavre de sa mère, tuée par Apollon qui l'avait fécondée. Asklépios était son nom et sur-le-champ j'entrevis son destin : il posséderait le don fabuleux de guérir et, plus tard, les médecins l'invoqueraient comme leur divinité tutélaire.

Ce devenir merveilleux, je ne pus m'empêcher de l'annoncer. Mon père tança cette fille qui en savait plus que lui, osait le dire. Je tentai de m'interrompre mais le flot pressé des mots, tel celui du torrent originel, s'obstinait à sourdre hors de moi et je proférai ce qu'il eût fallu tenir caché : l'enfant né d'un cadavre aurait même le pouvoir de redonner vie à des cadavres.

Aussitôt je sentis le langage refluer, sève descendant à rebours vers la racine. Le langage mais non le savoir, refoulé en dedans et toujours vivant. Je faillis crier : Asklépios ressuscitera Hippolyte ! La phrase s'asphyxia au fond de ma gorge dans le temps même où mes reins et mes jambes devenaient la croupe et les postérieurs d'une cavale. Et le cri cavalait dans mes veines, et la métamorphose m'était jouissance et souffrance. Elle va s'interrompre, pensai-je, je serai la fille de mon père, centauresse à la course échevelée et à la crinière éclatante, femme cependant par le visage, humaine par les mains et la parole agiles.

Non. Le séisme qui bouleversait mes formes se poursuivit, s'étendit jusqu'à mes bras. La corne de mes ongles s'épaissit monstrueusement, mes seins, les jolis seins légués par ma mère, se résorbèrent et, plus atroce encore, la parole s'évanouit. Mon hurlement de détresse ne fit résonner qu'un hennissement grotesque.

Aveugle mon frère Tirésias pour avoir vu. Et moi mutique pour avoir dit.

A présent la connaissance interdite tournoie et bouillonne en dedans, torrent captif des rives de mes flancs. Elle ne découvre d'autre issue que la précipitation affolée du galop. Assaillie d'odeurs et fouettée par les branches, bondissant par-dessus fossés et troncs abattus, je cours sans trouver sens à travers de hautes futaies et l'espace ouvert, inquiétant, des champs. Etonnée qu'un instinct déjà sûr m'inspire quels lieux éviter ou comment franchir une rivière en crue.

Je m'arrête soudain, haletante, dans le silence rond d'une prairie, écoutant non les rumeurs de ces bêtes que je me refuse à considérer comme mes compagnes mais le murmure insistant du langage en une clairière obscure tout au fond de moi, sa palpitation, sa plainte, ténues, tendues à la recherche de la faille la fente par où s'écouler, en vain, et le galop reprend, comme si je fuyais, éperdue, celle que je suis devenue.

Exténuée, je suis retournée à cette source où mon frère Tirésias fut aveuglé par la divinité. Ma mère s'y baignait, parée de sa nudité lisse, de ses gestes amples et lents qui apaisèrent mes impatiences d'enfant.

Je lapai. Mon museau poilu troubla l'eau et des remous clapotèrent contre les seins maternels, semblables en leur beauté drue à ceux qui furent miens autrefois. Mes larmes affleurèrent sans trouver de voie par où s'épandre, quoi de plus âcre que des pleurs ravalés ?

Ma mère m'a parlé, comme on s'adresse à un animal inconnu, prudente puis de plus en plus familière. Elle s'est approchée, a flatté l'encolure, ses doigts se sont égarés, pensifs presque, dans la rousseur de la crinière, à la lisière d'une sensation ancienne – en quête d'une mémoire perdue ? Ils ont amorcé le mouvement de démêler, tentant peut-être de traverser une impossible frontière. Brusquement, ils se sont retirés. Une claque amicalement bourrue sur la croupe et je m'en suis allée, exclue du monde humain, ma mère ne m'avait pas reconnue.

J'ai dormi sous le couvert d'arbres touffus. L'espèce à laquelle maintenant j'appartiens peut se reposer debout, je ne l'ignore pas, mais la fatigue engendrée par la souffrance de la séparation m'a contrainte à m'écrouler sur une épaisseur de feuilles mortes.

Dormir debout, rêver, un songe m'éveille et je vois, je vois trop bien – je pourrais l'annoncer si la parole n'avait été engloutie par le séisme de la métamorphose –, je vois la destruction de Thèbes, bien après la chute d'Œdipe le tyran, bien après la mort jumelle de ses fils. Mon demi-frère Tirésias, sénile, silencieux, source tarie plus rien à proférer, marche lentement, paupières mortes brûlées par le soleil, bouche close remâchant les cailloux de l'amertume, Tirésias avance pas à pas sur des routes desséchées, vieilles peaux de serpent sinuant à travers la plaine, chemins de soif et de poussière, lui aussi exilé de la cité aux Sept Portes et guidé par sa fille, Tirésias imitateur gâteux du destin qu'il avait prédit à un autre, il marche, bute, s'épuise et mes galops divagants ne parviendront pas à épuiser le tumulte de ces images qui me poursuivent.

Mon frère s'est tu. Moi je sais, et ne puis dire.

J'ai aperçu une horde de chevaux sauvages, parcourant à vive allure les crêtes des collines. L'écume de leurs queues et crinières irisées de lumière m'a rappelé celle du cours d'eau natal. Un étrange élan m'incitait à les rejoindre et à me laisser absorber par leur ondulation allègre.

Tremblante, je suis restée figée. Pourtant toute une part de mon être – l'héritage paternel ? – aspirait à partager leur rythme, emportée par cette vigueur innocente.

Et ma mère, savait-elle, dès ma naissance, pour m'attribuer ce nom à la double résonance ? Okyrrhoè, la rapide l'agile – telles deviennent mes foulées, chaque jour plus affirmées. Okyrrhoè, celle qui détient acuité et vivacité d'esprit jusqu'à pénétrer, par éclairs, l'obscurité des temps futurs, flèche aiguë.

La flèche finira par revenir sur moi. Elle s'enfoncera sans plus rien révéler dans la densité obtuse de l'animalité, où elle se perdra. Bientôt je ne comprendrai même plus pourquoi mes courses imitent le tressautement d'un torrent, sa fougue fluide.

Ma mère, je la retrouve parfois aux rives de la source qui somnole entre les joncs. Elle sourit à ma vue, me caresse le chanfrein et me parle. Le sens des termes dont elle use s'émousse à chaque rencontre. Ils glissent ou bruissent, rumeur aquatique, froissement de feuillages, et ne signifient presque plus. Les mots maternels se fondent en une musique lointaine.

D'un geste quasi négligent, elle écarte de mes cils le toupet qui retombe à ras de mes yeux. Ainsi, autrefois, essayait-elle de replacer la mèche rebelle égarée sur mon front.

A présent, elle m'appelle Hippè, la jument.

La coupure s'accomplit, ma mère a changé mon nom. Et je repars d'un petit trot triste vers les taillis de noisetiers. Perdre son nom équivaut à la mort.

Cette nuit un songe divinatoire – le dernier, je le pressens – a ravivé la lueur d'intelligence humaine qui persiste et palpite faiblement au cœur de cette masse de chair et d'os devenue mienne. Mon père le centaure, blessé atrocement, souffrant mille morts et ne pouvant mourir puisque immortel, mon père implorera et obtiendra la grâce de périr afin d'échapper à la torture de la douleur.

Où donc réside le scandale de cette connaissance ? L'inversion du temps : un cadavre retrouvant les formes et couleurs de la vie, un immortel désirant et recevant la mort ?

De cette transgression d'un ordre essentiel, une femme devrait-elle détourner son regard ? Mais je ne peux plus prétendre être femme...

Solitaire je cavale, et les senteurs montent à mes naseaux, me parlent. Elles m'indiquent les voies à suivre, qui croisent de moins en moins celles tracées par l'homme. Je n'accompagnerai pas mon frère sur les routes de l'exil ni mon père sur celles de la souffrance.

Quelque chose marmonne cependant, mâchonnement confus dans les ténèbres spongieuses de mon crâne. Marmonne, quasi incompréhensible, s'enlise.

Et je repars, je fends des flaques de fraîcheur et de tiédeur alternées, traverse des marais d'un sabot léger. Mon souffle prend appui sur celui de la brise, une ivresse neuve déferle dans mon poitrail. Et je galope, et j'oublie. Vers le soir, l'enchevêtrement des halliers m'accueille. Je dors sans être visitée par le rêve et ses figures d'angoisse.

Bientôt je consentirai à n'être plus que cette cavale dénommée par ma mère, Hippè.

Un vent simple et souverain dispersera les ultimes résidus du langage qui murmurent encore au fond de moi et je me résoudrai à cette opacité animale d'où seront bannis le scintillement sombre du savoir et le désir de l'énoncer.

Mes pas me porteront vers la horde de chevaux sauvages, là-bas, au creux herbu de la vallée. La horde, tache mouvante derrière un rideau de saules. J'approcherai prudemment, leurs oreilles vigiles se dresseront, leurs naseaux frémiront et leur fluidité fébrile s'animera par vagues et spirales. Ils hésiteront entre me fuir ou m'accueillir.

Mon seul espoir est que toute odeur humaine aura disparu de ma chevelure.

JOCASTE

Je savais j'avais vu
ce qui crevait les yeux
les cicatrices mauves
au tendre des talons

J'avais vu avant même
qu'il ne pénètre
au tendre de ce ventre
dont il était sorti

Il était revenu
lumineusement beau
mon enfant solaire
l'époux du vif désir

J'avais perçu le signe
l'avais interprété
nul besoin d'oracle
pour ma lucidité

Les cicatrices douces
gardiennes de mémoire

je les ai caressées
sans prétendre effacer

Je voyais je savais
jubilais de savoir
vint la transe des corps
et l'éblouissement

Contractions d'accouchement
contractions de la jouissance
si proches identiques
délire unique

Elles se rejoignaient
au lieu du scellement
et qu'importait le temps
qui s'était écoulé

La durée annulée
comme la filiation
et nos souffles noués
nos sexes agrippés

Mon fils retrouvait
l'orée le chemin

Non je ne fus pas
une mère aveugle

ISMÈNE

La petite dernière
répétaient nourrices
et servantes attendries

Ne croyaient pas
si bien dire

Je marche vers le fleuve
dont je porte le nom
le fleuve Ismènos

Je marche lourde légère

Un chapeau de Thessalie
protège mon visage
de cette lumière
qui nous aveugla

Nous les Labdacides

Ce chapeau à quoi bon
ultime dérision ?

*

Antigone me tançait :
Tu as choisi la vie
moi j'aime la mort

Comme si on avait
jamais eu le choix
dans cette lignée !

Emmurés sitôt nés
filles ou garçons
emmurés dans le nom

Moi fille et sœur
d'un homme nommé
pieds enflés

L'enflure de son sexe
dont je suis née
l'enflure de sa démesure

Déchiffreur d'énigme
mais non de la sienne

Héros qui éliminait
le monstre femelle
et ne savait pas deviner
le monstre tapi en lui

Aux eaux du fleuve
m'en aller disparaître

le fleuve mon père
qui m'a donné son nom
ma source intérieure

*

Mon frère Polynice
le trop bien nommé !
L'homme aux multiples querelles
porteur d'un nom qui résonne
haut et clair
et rageur
de clameurs guerrières

Polynice tant aimé
de ma sœur Antigone

Antigone la rebelle
celle qui s'oppose
se dresse contre
son nom le déclare

Mais il signifie aussi
celle qui s'oppose
à toute descendance

Moi du moins
depuis le drame
je l'entends ainsi

Et cette prophétie
proférée par le nom
pourquoi ne parvient-on
à l'entendre vraiment
qu'une fois accomplie
la dérive finale ?

Morte vierge
ma sœur aînée

A cette fatalité
je tente d'échapper

*

Quant à mon autre frère
le valeureux Etéocle
aurait-il pu résister
au poids d'airain
de son destin
lui gratifié de ce nom
moins funeste : l'homme
à la gloire véritable ?

Mais il a fallu
qu'il aime Polynice
ardemment revenu vers lui
et que tous deux s'unissent
d'une étreinte meurtrière

Ça ne se faisait pas
dans cette famille
d'aimer ailleurs

*

Entre saules et trembles
je marche vers les eaux lisses
vers ce fleuve Ismènos
où mourut lui transmettant
son nom Ismènos
fils aîné de Niobé
blessé agonisant
traversé par les flèches
du seigneur Apollon

Apollon le terrible
qui décoche des oracles
plus destructeurs que ses traits

De ce cadavre sanglant
le fleuve a pris son nom
ma nourrice me l'a dit
puis il me l'a transmis
du moins est-ce l'histoire
qu'il me plaît de me raconter
au fil de mes rêveries

*

Lors des grandes lessives
aux rives de l'Ismènos
ces lessives de printemps
où l'on blanchissait
les étoffes royales
joyeuses lessives festives
pour oublier l'hiver
et les histoires enfouies

Ma mère m'appelait
Ismène Ismène
n'avance pas plus loin !
L'Ismènos est en crue
le courant trop fort
barbote juste au bord
là tout près de moi

Tant qu'à prétendre
émettre un interdit
à l'un de ses enfants
elle aurait pu trouver
énoncé plus essentiel
Jocaste la trop belle

Je revenais à ses pieds
les servantes aux bras vaillants
souriaient doucement
à la petite dernière
et frottaient et tordaient
le linge familial

La crasse s'en allait
mais non la souillure
elles pouvaient bien cogner
de leurs battoirs sonores
et presser et rincer
elles échoueraient toujours

Et Jocaste énervée
sur un ton trop rêche
enjoignait à ses femmes
de frapper toujours plus fort

Ma mère savait je crois
elle reniflait l'horreur
prise dans la trame

*

Œdipe m'a nommée Ismène
Jocaste a donné ce nom
d'Antigone à ma sœur

Pour ainsi désigner sa fille
l'empêcher d'engendrer
par la résonance même
de ce nom terrifiant
n'était-ce pas avouer
qu'elle avait deviné ?

Elle interdisait Jocaste
mais à contretemps
mon fils m'a fécondée
toi ma fille aînée
tu demeureras stérile

Un jour j'avais douze ans
je l'ai regardée longuement
j'ai pensé elle est vieille
resplendissante cependant
trop vieille pour mon père
cet homme qui me semblait
le grand frère d'Antigone
un peu le mien aussi

Nous savions
obscurément

*

Car dans ce mot Ismène
on entend : nous savons
ainsi résonne mon nom
dans ma langue maternelle

Ismène Ismène !
Appels trop clairs de ma mère
aux rives lentes du fleuve
trop clairs mais attendant
d'être enfin déchiffrés

Ismène Ismène
nous savons nous savons !

Elle feignait de m'appeler
et désignait la vérité
lovée dans la beauté
si fortement troublante
des homonymes

*

Lorsque j'ai désiré
un enfant dans mon ventre
pas au-delà surtout pas
dans mon ventre seulement
j'ai cherché un homme
de rien un pêcheur
sur la rive du fleuve

Un homme hors du clan
ce clan de la pestilence

Je l'ai pris cet homme
au plus noir de l'été
à l'ombre des peupliers
le sable se creusait crissait
sous mes hanches adolescentes

Je l'ai pris cet homme
j'ai pris sa semence

et lui abasourdi
mais tu es vierge !

Eh bien je ne le suis plus
et je suis repartie
lourde enfin d'un enfant
conçu au lit de l'Ismènos

Quatre mois ont passé
aveugles les servantes
n'ont encore rien deviné
pour elles je suis restée
la petite dernière
la fillette aux yeux clairs
couleur d'eau grise et verte

A présent je reconduis
mon enfant à la source
au fleuve paternel
celui qui confère le nom

*

Et le tendre Hémon
tant épris d'Antigone
l'aimait-elle j'en doute
elle chérissait trop les siens
les morts de la lignée
de cet amour exclusif

dont elle se drapait
statue déjà pétrifiée

Hémon dont le nom
signifie le sang
regorge de sang
d'un sens vicié corrompu
depuis notre origine

Hémon le sang
fils de Créon
un tas de viande Créon !

Ainsi résonne son nom
viande satisfaite bouffie
charogne avant de périr
Créon boucher de ma sœur
puis de son fils
et de sa femme

Peut-être avait-il raison
mon pauvre oncle Créon
de préférer la cité
à cette famille pourrie
qui faisait loi de sa folie

Cherchait-il un rempart
ce frère de ma mère
contre le déferlement
d'une horreur inscrite
depuis si longtemps ?

Mais la loi aussi dure
soit-elle ne devient pas ce mur
qui aurait pouvoir d'arrêter
la vague de la démence

*

Et pourtant tout au début
de notre sombre lignée
figure cette divinité
Harmonie l'a-t-on appelée

Enfin un nom d'apaisement
pour s'étayer se référer ?

Jamais nous n'avons pu
nous les femmes en hériter

Les hommes ont prévalu
imposant leur violence sans fin
et leur goût de l'entre-tuerie
tandis que nous cherchions en vain
cette voie par où Harmonie
aurait pu se glisser
sereine

Loin de prodiguer l'accalmie
le divin nous contamine
insidieusement calcine

nos os nos élans et pensées
de mortels trop fragiles

En nous cet obscur mouvement
qui désire un ailleurs
divin déchirant meurtrier
sans pouvoir le supporter

Et peut-être conjuguer
l'animal et l'humain
eût-il été moins néfaste
que cette alliance à l'origine
avec une épouse divine ?

Un impossible accord
au chant premier de la source

*

Je descends vers le fleuve
et remonte sans faiblir
le cours de notre ascendance
et là je rencontre l'aïeul
Labdacos père de Laïos
Labdacos le boiteux
je n'y peux rien
tel est son nom !

Depuis quatre générations
titubants ivres d'orgueil

nous boitons toujours plus
menant bravement
la danse du désastre

Labdacos le bancal
Laïos le gauche
voilà ce que dit son nom
Œdipe aux pieds gonflés

Ma sœur et moi
toutes petites
aimions si fort danser
gambades ailées
d'une enfance préservée
sous le regard amusé
des servantes attentives

Les fillettes excitées
conviaient parfois Œdipe
à entrer dans leur ronde
il se dérobait gentiment
ce père aux pieds tuméfiés
qui ne pouvait danser
qu'au ventre de la mère

*

A présent sans claudiquer
gracile et gravide
je marche vers le fleuve

par ce chemin que j'ai voulu
lourde d'un enfant
qui mourra avant de naître
enfin ne sera pas nommé

Non plus jamais de nom
porteur de l'horreur !

Lourde et légère
bientôt délivrée

Au moins j'éviterai
la voie de la pendaison
celle qui fut transmise
par ma mère à ma sœur

Le sable deviendra vase
si douces les eaux montantes
je m'enfoncerai peu à peu
m'enlisant calmement

Enlacée par le fleuve
dont je porte le nom

Du clan des Labdacides
ces boiteux ces bancroches
restera un chapeau
dérivant au fil de l'eau

TABLE

Ouvrage réalisé par l'atelier graphique Actes Sud. Reproduit et achevé d'imprimer en avril 2000 par l'Imprimerie Floch à Mayenne, sur papier des Papeteries de Jeand'heurs pour le compte des éditions Actes Sud Le Méjan Place Nina-Berberova 13200 Arles. Dépôt légal 1re édition : mai 2000. N° impr. 48521.